金南祚 回想 詩選集

저의 마지막 때

영혼과 사랑은

눈 감지 않게 하소서

구명숙 엮음

국학자료원

그리운 김남조 선생님께

사랑으로 거친 세상을 녹여
시의 꽃을 피우시던 김남조 선생님!

뜨거운 열정과 간절한 기도를 담아
만인의 마음을 감동시킨 선생님의 시 천여 편이 살아있어
우리에게 사랑을 심어주고 희망을 키워주고 있습니다.

어느 날 선생님은
"나는 아직도 솟아오르는 감수성을 주체하기 어려워 시를 쓴다.
오늘은 이런 시를 썼다." 하시며 금방 쓰신 시를 전화로 읽어주셨습니다.
그처럼 한순간도 시를 놓지 않으셨으니
이 순간 하늘나라에서도 시를 쓰고 계시겠지요?

선생님은 시를 목숨처럼 그렇게 귀하고 높게 사랑하셨습니다.
그 사랑 우리들 가슴속 깊이 꽃으로 피어나
두고두고 향기로운 세상을 만들고
험난한 삶도 아름답게 다스려 밝게 비추어 줄 것입니다.

선생님은 이제 여기 저희 곁에 안 계시지만, 날마다
다소곳한 미풍에도 선생님의 향기가 실려 오는 듯합니다.

우아한 자태
따뜻한 눈빛
사랑에 잠긴 낮은 목소리

선생님이 남기신 시가 빛이 되어 언제나 손잡아 주시리라 믿습니다.
선생님! 선생님은
시인들을 위해 제자들을 위해 보통 사람들을 위해
사랑을 노래하며 마음 깊이 꿈을 심어주셨습니다.
가냘픈 생명에도 크신 사랑으로 불붙이시어
쓰다듬어 주시고 일으켜 세워주셨습니다.
사방에 천년 붉은 동백을 심으시고
물을 뿌려주셨습니다.
아아아~
그립습니다
사랑하는 김남조 선생님!

여기 선생님의 영혼과 사랑이 깃든 시 작품들과
고운 손길 향기 서린 유품들과
선생님의 기도.

“저의 마지막 때 영혼과 사랑은 눈 감지 않게 하소서!”를 담아
회상 시선집을 펴냅니다.

선생님의 기도처럼 영롱한 영혼과 무한한 사랑이
여기 영원토록 깨어 계실 것입니다.
뵙고 싶을 때마다 이 시집을 안고 허전한 마음을 달래 보겠습니다.

구명숙 올림

서울大學校總同窓會

11
金曜日
(음 12.4)

저의 마지[illegible]

영혼과 사랑은 늙지 않게 하소서

김남조

12
土曜日
(음 12.5)

차례

사랑

생명

가족 · 신앙

삶

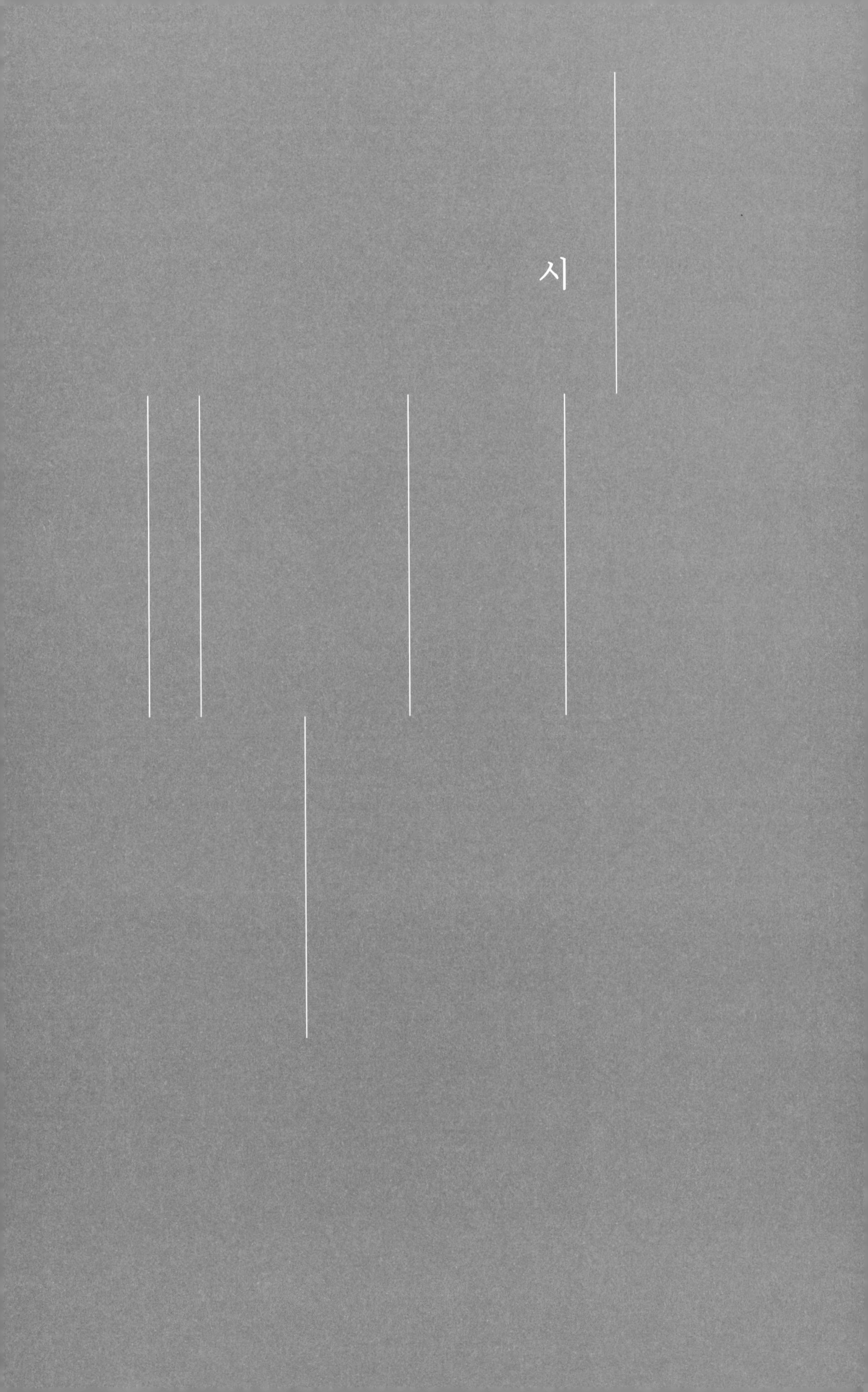
시

16.

이름 없는 사람의
이름 없는 恩寵에서 태어난
나의
금동아기

19.

내 입술엔
성탄절 찬미가를
다 쓰고 가는 사랑을
영혼의 恩人
主 그리스도를

97.

사랑을 버리느니
사람에게 버림받게 하소서
사람끼리 사랑할 때
버린 먼저
사랑하게 하소서

73.

갑자기 눈떠
당신을 찾았나
내 苦난의 한가운데서
급한 종소리
충실한
긴 침묵 속에서

75.

사랑에게
사랑일 수 없었음이
이미 보였어도
내게 있을 그 진정을
당신께 침묵을

96.

사랑을
천년겨울 [illegible]
큰 [illegible] 생긴 땅
몰라 봤어
하늘 우러르면
땅 아니

95.

神 앞에서
저희는 同[illegible]와 [illegible]이게 하소서
가난한 이웃의
[illegible]
이에 [illegible]

98.

祝福하기 전에
主 이미 주신 것
생명과 빛과
사랑
지금은 祝하는 마음 버려
더 주심을

102.

내 영혼이
주님께 단맛드리게 하소서
孤獨의 聖[illegible]을
이것으로
[illegible] 하옵니다

사랑 草書

1.

사랑하지 않으면
착한 여자가 못된다
소망하는 여자도 못된다
사랑하면
우물곁에 목말라 죽는
그녀 된다

7.

탄생에 축복을
만남과 헤어짐에 축복을
죽음엔 더 축복을
사랑에겐
사랑을 보태어 주소서
주여

11.

마음에 대답하는 마음
영혼에 산울림 하는 영혼
일을 생각만 해도 나는 울어
웃었고 바보인
아이처럼

51.

고난의 영마시만
만나는 神
사랑의 정상에 못 왔더면
영 못 보았을
나의
神이여

53.

떠남은 사랑일 땐
줄곧 자랑했으나
잊은 사랑에선
눈 멀어도 못다 갈
송구한 별이구나

54.

사랑
이 상의 것은
사랑이지
하늘 위에 더 높은 건
하늘나라 하늘이지

78.

潔白한 亞麻실처럼
희디한 외줄로 긴 마음은
이승 너머
저승 가는
恍惚이나 삶을 뿜어

83.

사랑은
정직한 農事
이 세상 가장 깊은데 심어
가장 늦은 날에
싹을 보느니

87.

주의 임재를
主의 수행으로 이끌길 한
사랑 하나의
비상히
貴한 觸媒

나의 시에게 · 1

이래도 괜찮은가
나의 시여
거뭇한 벽의 선창 같은
벽거울의 이름
암청의 쓸쓸함, 괜찮은가

사물과 사람들
차례로 모습 비추고
거울 밑바닥에
혼령 데리고 가라앉으니
천만 근의 무게
아픈 거울근육
견뎌내겠는가

남루한 여자 하나
그 명징의 살결을
감히 어루만지며
부끄러워라 통회와 그리움
아리고 떫은 갖가지를
피와 주언呪言으로
제상 바쳐도

나의 시여
날마다 내 앞에 계시고
어느 훗날 최후의 그 한 사람
되어 주겠는가

젊은 시인들에게 · 1

젊은 시인들아
그대는 빠르고 사나운 표범을
그것도 여럿의 표범을
그대의 시 안에 기르고 있다

그대는 높게 빨리 말하고
나는 느리게 중얼거린다
그대는 부상負傷의 상습자
상처에서 흐르는 피를 누군가의 살결에
부벼 바른다

그대의 시는 나에게 충격을 준다
그대의 총탄에서 흩어지는 탄피가
내 감성의 살결을 뚫을 때
나는 야릇한 낭패감과
유쾌한 상찬으로
그대에게 되갚곤 했다

그대는 젊다
그대는 시인이다
이로써 다 되었다

젊은 시인들에게 · 2

그대는 오늘도
밤의 불침번으로
불 꺼진 도시풍경을 응시한다
낭만과 고독을 노래하며
시대의 불행을 번뇌한다
그대의 천직이다

서슬 푸른 문자로
세상사 아흔아홉 가지의 부조리를
시로 쓰는 그대
이 시대의 피리이며
순정의 곡비哭婢여

바라건대
부조리와 낭패감
살결 베이는
분노와 좌절에도
발 구르며 세상을 꾸짖지 말고
허리를 구부려
그 짐을 지거라

날 선 해부도로

가혹하게 그 자신을

점검하면서

멀고 먼 시인의 길을 찾아가는

젊은 시인들아

그대들을 사랑한다

사랑한다

시인에게

그대의 시집 옆에
나의 시집을 나란히 둔다
사람은 저마다
바다 가운데 섬과 같다는데
우리의 책은 어떤
외로움일는지

바람은 지나간 자리에
다시 와 보는가
우리는 그 바람을 알아보는가
모든 존재엔 오지와 심연,
피안까지 있으므로
그 불가사의에 지쳐
평생의 시업이
겁먹는 일로 고작이다

나의 시를 읽어다오
미혹과 고백의 골은 깊고
애환 낱낱이 선명하다
첫새벽 기도처럼
나도 그대의 시를 읽으리라
축원을 바쳐 주리라

시인이여
우리는 운명적인 시우를 만나야 하고
서로 그 사람이 되어야 한다
영혼의 목마름을 진맥하여
피와 이슬을 마시게 할
신령한 의사가
우리 서로들 그 아니라면
다른 누구이겠는가

좋고 나쁜 것이
함께 뭉쳐 폭발하는 이 물량의 시대에
유일한 결핍 하나뿐인 겸손은
마음에 눈 내리는 추위
그러므로
이로 하여 절망하는 이들 앞에
시인은 진실로 진실로 죄인이다

시인이여
황막하고 쓸쓸하여 오늘 나의 작은 배가
그대의 섬에 기항한다

연필심

나 발가벗은
연필심이야
그러니 글씨 쓰려 하지마
나는 부러질 거고
독한 허무를 떠먹일 거야

나를 만지지도 마
너를 찌를지 몰라
위태위태하게 곤두선
나는 맹목의 가시야

향나무 옷 입고
꿈꾸던 나날
넌 어디 갔었니
살비듬 뭉개지던 세월
넌 어디 있었니

이젠 아니야
입술에만 닿아도 해로운
새카만 아연

나 연필심이야

부러져도 그냥은 아니고

동강동강 절망의 몰골

기막힐 거야, 나는

시를 쓰실 때 사용하시던 문구류. 젊으실 때는 만년필을 사용하시다가 노년에 들어 수성 사인펜이나 네임펜(중간글씨용)으로 시를 쓰셨다. 서명을 하실 때는 붓 펜을 사용하셨으며 굵은 펜을 선호하셨다.

시 쓰는 날

쓰던 글을 잠시 접고
마음의 벌판을 펼쳐 놓는다
향나무 연필로 그리는
내 추상의 지도는
사방팔방이 바람의 통로여서
바람 오가며 수북이 떨군 바람들의 씨눈
그리하여 자란 바람나무 숲의
빛과 그늘이어라

삶의 감개무량이
오늘따라 일제 사격으로 들쑤시고
그간의 고마웠던 일들
층층으로 되살아나니
이야말로
태산 같은 큰 일 아니리

나의 친구들
수없이 세상을 떠났으되
몇몇은 함께 남아 오늘 문인주소록에
이름 서로 기대고 섰음이랴

다만 내 옷자락
이리도 남루하니
누군가 눈물 흘린다 해도
황송하여 어이 닦아주리

바람 따라
생각 흐르는 사이
졸문 몇 줄이 붓끝 어스름으로
잡히는가, 아닌가

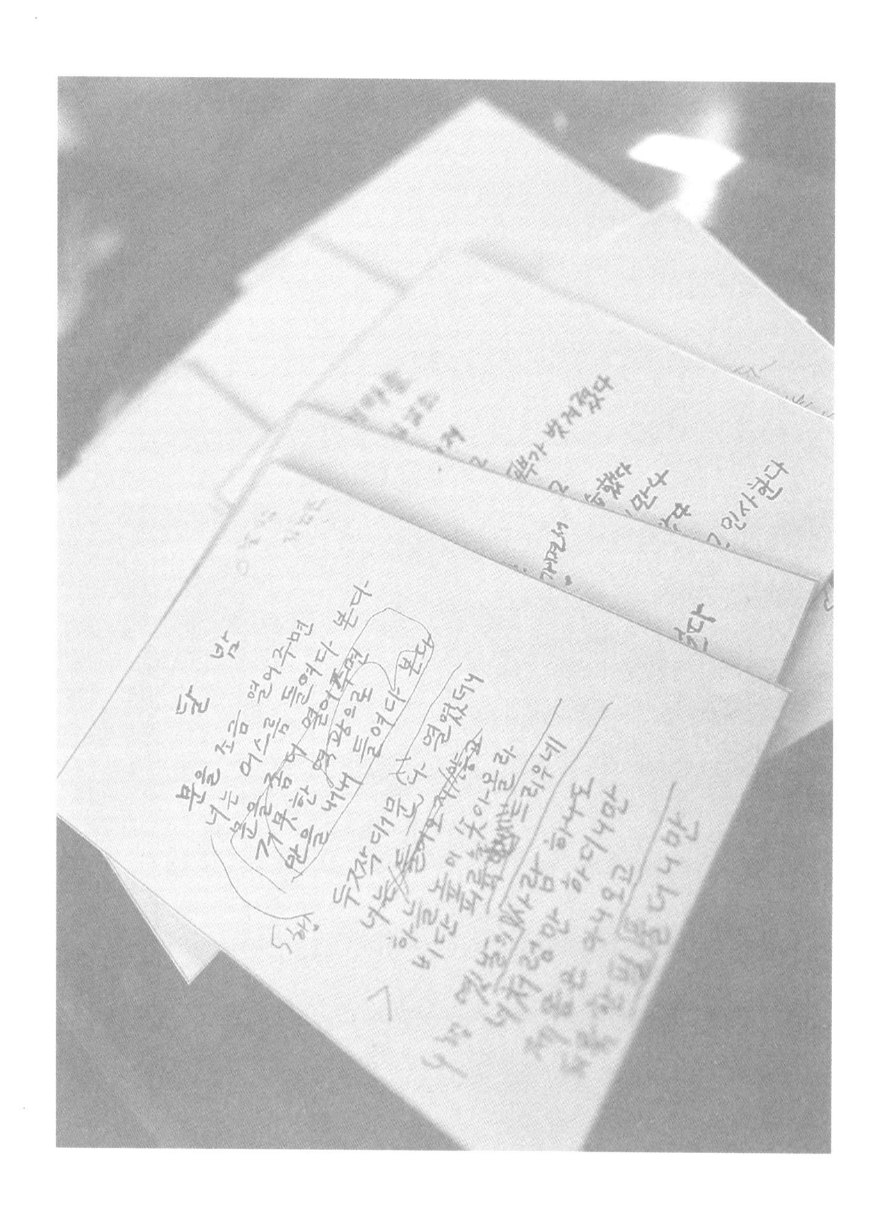

항상 원고지에 시를 쓰셨으나 선물로 써 주실 때는 주로 하드지를 사용하셨고 시를 쓰시기 전에 행과 연을 미리 구상하셨다.

미래의 시

미래의 시는 어디에 있나
미래의 시인은 어디쯤 오고 있나
이 시대엔 못다 짚은 사념
못 듣고 못 본 불가사의
신이 내놓지 않은 천둥번개

지구의 끝날까지
시인은 오고 시는 쓰여지리니
희노애락의 사슬
천재들의 예지
해부도로 밝혀낼 인간의 진정성

시여
절망적인 희망이여

심각한 시

심각한 시는
편한 의자를 우리에게 권해 주며
좀 쉬게 좀이 아니고
오래 쉬어도 되네라고
나직이 말한다

민망하게 연민스러운
사람의 삶을 그는 알기에
위안이 모자란다
사랑이 모자란다고
그 자신의 잘못인 듯
통한의 가슴을 친다

심각한 시는
분장하지 않으며
훈장을 탐하지도 않는다

밥과 물처럼
익숙한 일상이면서
쉬라는 말을 자주 건네 준다
쉬면서 살아가고
쉬면서 사랑하고
쉬면서 시를 쓰라 한다

심각한 시는
밤과 새벽 사이의
어둠이자 빛이다
처음 듣는 신선한 독백이며
문 앞에 와 있는
영혼의 첫 손님이다

시인은
그를 연모하게 되면서
고통스럽게
언제나 배고프다
그러나 영광스럽다

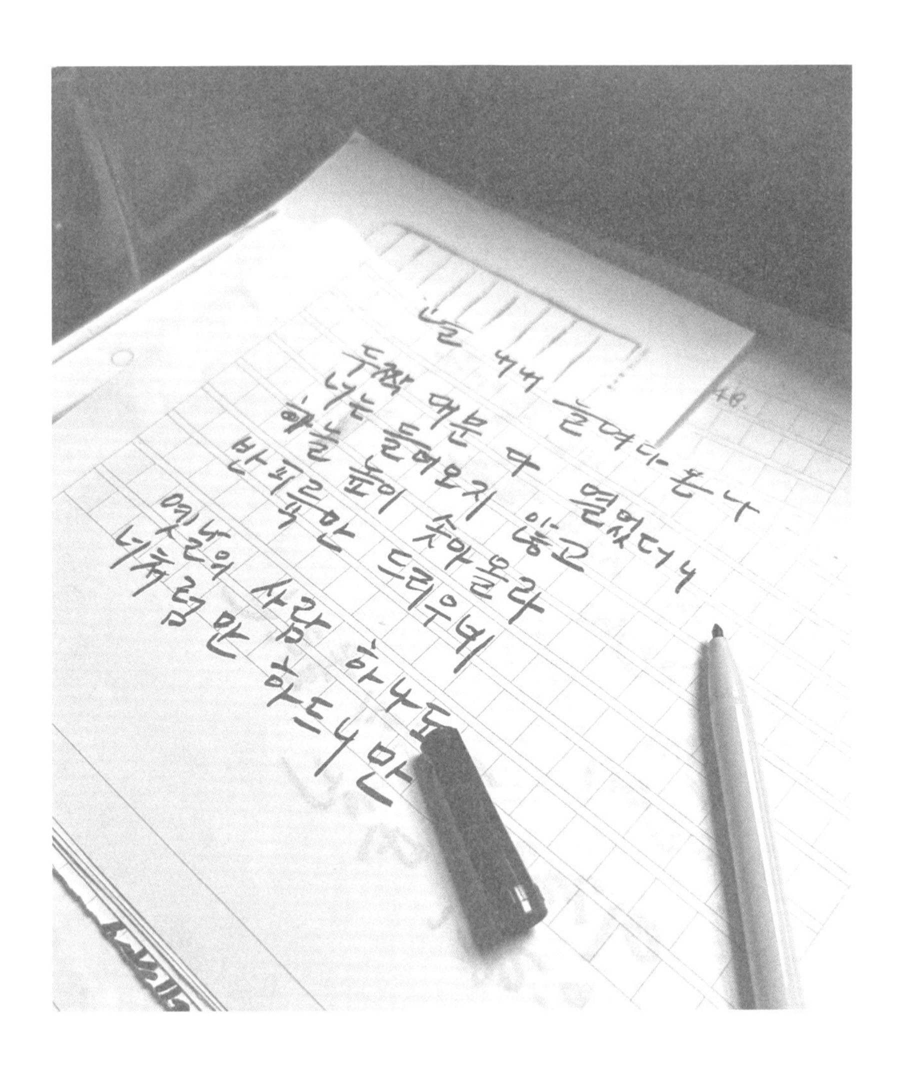

선생님은 늘 원고지에 글을 쓰셨다.

책을 읽으며

책을 읽는다
책갈피 사이사이로 흐르는
사념의 혈류

나의 글은 어떤가
외출복을 차려입은 말들은
세상에 내보내고
상처 깊거나 죄의식에 멍든 말은
늑골 갈피 속에 묻어 둔다
덧없어라 옷 없어 세상에 못 나가고
늙어 버린 말들

글의 진정성은 무엇인가
묻고 더 생각한다
문학이여
내 한평생 길 가고 또 가도
출발 지점에
다시 와 있구나

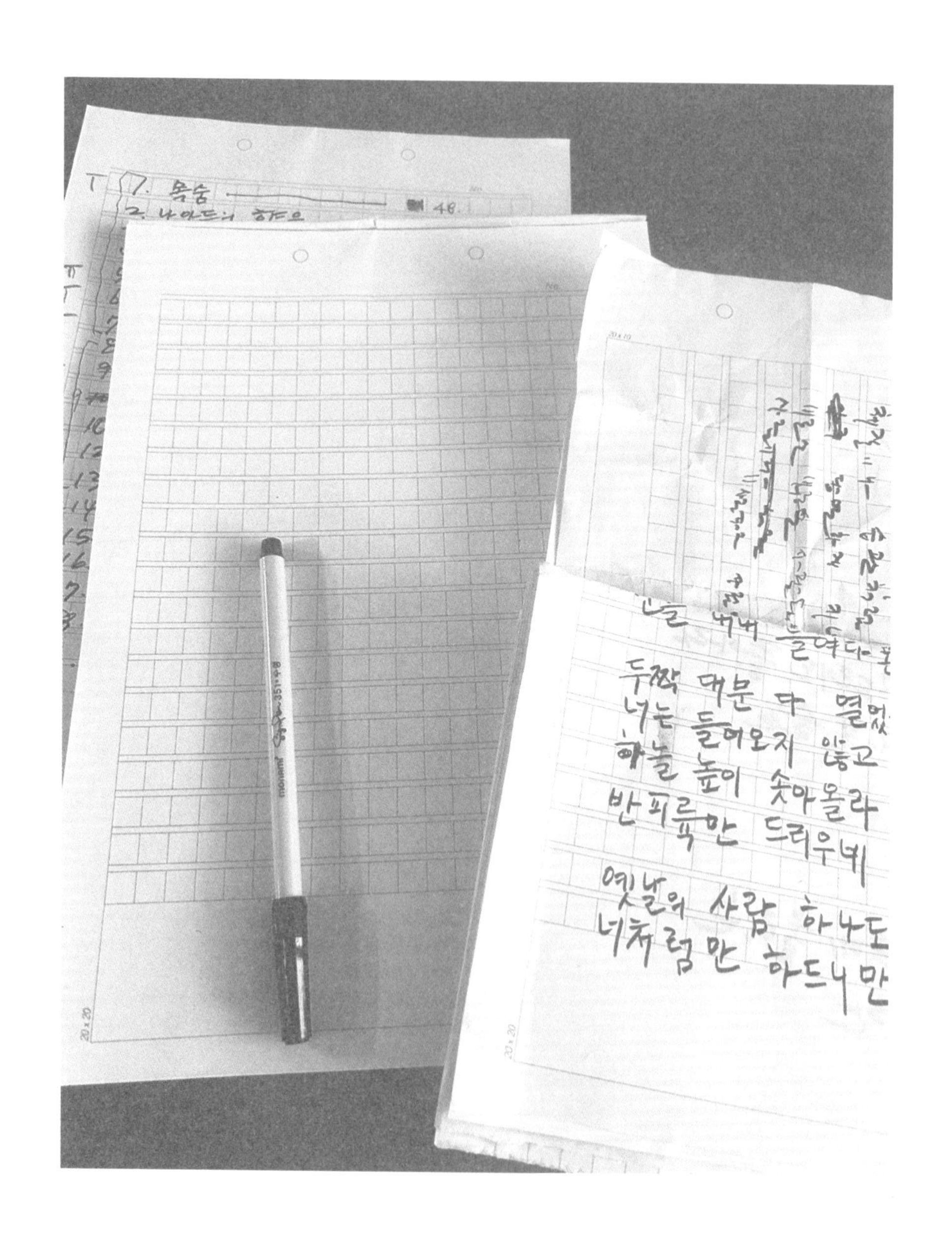

시를 쓰시던 원고지이며 주로 수성 싸인펜을 사용하셨다.

백지

내 구겨진 문서는
백군청군의 운동회처럼 부산하더니
저물녘엔 낙엽 더미 아래 고요하다
더 은밀한 문장은
한밤의 내 불면이며
아침에 펴 보니
글씨 없는 백지이다

자화상

매일 아침 거울 속에서 보는「나」라는 여인
또 하나의 은밀한 손 있어 그 숨긴 번뇌들을
가려 주었거니

미운 이를 미워함엔 밤잠도 설치고
내가 더 사랑한 그 사람이 갑절로
나를 사랑해 주는 일 소원이었지
눈은 곧잘 독선을 범하고 연지를 지우면
입술은 부끄럽게 서글픈 빛깔,
긴 목을 수그리고 길을 걷는 몸시늉은
흩어버린 마음들을 찾는 듯도 하건만

때로 좋은 음악을 들으면 철철 눈물을 흘린다오
해마다 첫눈 오는 날이 좋아
한 아름의 붉은 털실을 사러 나가지
왕국을 얻기보다 참다운 연인 하나가
더 행복을 주느니라고 배운 적도 없이
열네 살부터 믿어 왔다누나

해 저물면 어둠 속의 바람을 향해
영혼의 팔을 벌리느니
밤에 거울을 보면 거기 또 있는「나」라는 여인,
정녕 이는 누구일까

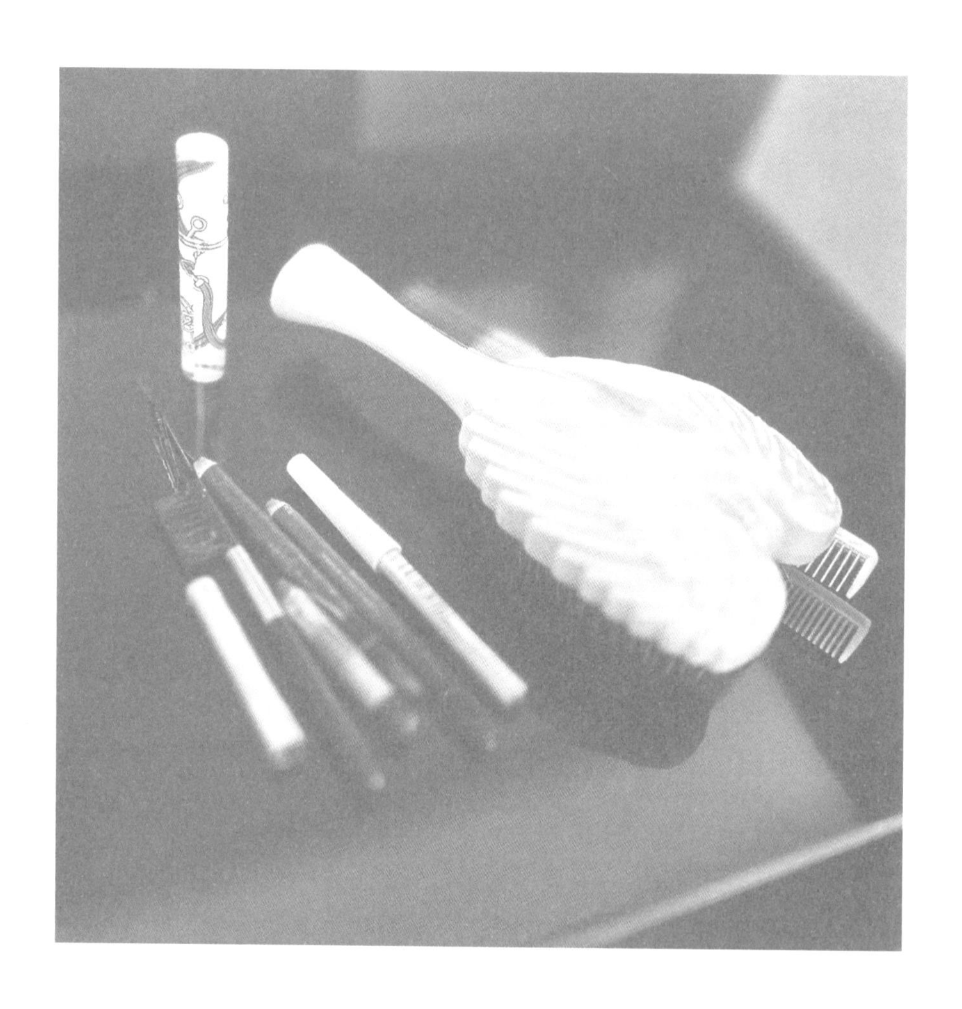

선생님은 늘 품위를 유지하셨다.

고령에도 머리를 직접 손질하셨다.

사랑

상사 想思

언젠가 물어 보리

기쁘거나 슬프거나
성한 날 병든 날에
꿈에도 생시에도
영혼의 철삿줄 윙윙 울리는
그대 생각,
천번 만번 이상하여라
다른 이는 모르는 이 메아리
사시사철 내 한평생
골수에 전화 오는
그대 음성,

언젠가 물어 보리
죽기 전에 단 한 번 물어 보리
그대 혹시
나와 같았는지를

편지

그대만큼 사랑스러운 사람을 본 일이 없다
그대만큼 나를 외롭게 한 이도 없었다
이 생각을 하면 내가 꼭 울게 된다

그대만큼 나를 정직하게 해준 이가 없었다
내 안을 비추는 그대는 제일로 영롱한 거울
그대의 깊이를 다 지나가면
글썽이는 눈매의 내가 있다
나의 시작이다

그대에게 매일 편지를 쓴다
한 구절 쓰면 한 구절을 와서 읽는 그대
그래서 이 편지는
한 번도 부치지 않는다

아가 雅歌 · 2

나, 네게로 가리
한사코 가리라
이슬에 씻은 빈손이어도 가리라
눈멀어도 가리라

세월이 겹칠수록
푸르청청 물빛
이 한恨으로 가리라

네게로 가리
전생의 지아비를
내 살의 반을 찾으리
검은 머리 올올이
혼령이 있어
그 혼의 하나하나 부르며 가리

나, 네게로 가리

가난한 이름에게

이 넓은 세상에서
한 사람도 고독한 남자를 만나지 못해
나는 쓰일 모 없이 살다 갑니다
이 넓은 세상에서
한 사람도 고독한 여인을 만나지 못해
당신도 쓰일 모 없이 살다 갑니까

검은 벽의
검은 꽃그림자 같은
어두운 향료

고독 때문에 노상 술을 마시는
고독한 남자들과
이가 시린 한겨울 밤
고독 때문에 한껏 사랑을 생각하는
고독한 여인네와
이렇게들 모여 사는 멋진 세상에서
고독이 아쉬운 내가 돌아갑니다

불신과 가난
그중 특별하기론 고독 때문에
어딘가를 서성이는 고독한 남자들과
허무와 이별
그중 특별하기론 고독 때문에
때로 죽음을 생각하는 고독한 여인네와
이렇게들 모여 사는 멋진 세상에서
머리를 수그리고 고독이 아쉬운
당신이 지나갑니까

인간이라는 가난한 이름에
고독도 과해서 못 가진 이름에
울면서 눈감고
입술을 대는 밤

이 넓은 세상에서
고독한 한 사람을 만나지 못해
우리 모두
쓰일 모 없이 살다 갑니다

연하장

설날 첫 햇살에
펴보세요
잊음으로 흐르는 강물에서
옥돌 하나 정 하나 골똘히 길어내는
이런 마음씨로 봐 주세요

연하장,
먹으로 써도
채색으로 무늬 놓는 편지
온갖 화해와 함께 늙는 회포에
손을 쪼이는 편지

제일 사랑하는 한 사람에겐
글씨는 없이
목례目禮만 드린다

너를 위하여

나의 밤 기도는
길고
한 가지 말만 되풀이한다

가만히 눈뜨는 건
믿을 수 없을 만치의
축원,
갓 피어난 빛으로만
속속들이 채워 넘친 환한 영혼의
내 사람아

쓸쓸히 검은 머리 풀고 누워도
이적지 못 가져 본
너그러운 사랑

너를 위하여 나 살거니
소중한 건 무엇이나 너에게 주마
이미 준 것은
잊어버리고
못다 준 사랑만을 기억하리라
나의 사람아

눈이 내리는
먼 하늘에
달무리 보듯 너를 본다
오직 너를 위하여
모든 것에 이름이 있고
기쁨이 있단다
나의 사람아

연

연 하나 날리세요
순지 한 장으로 당신이 내거는
낮달이 보고파요

가멸가멸 올라가는
연실은 어떨까요
말하는 마음보다
더욱 먼 마음일까요
하늘 위의 하늘 가는
그 마음일까요

연 하나 날리세요
아득한 전생의 우리집 문패
당신의 이름 석 자가
하늘 안의 서러운
진짜하늘이네요

연 하나 날리세요
세월은 그럭저럭 너그러운 유수
울리셔도 더는 울지 않고
창공의 새하얀 연을
나는 볼래요

사랑하게 두라

사랑하게 두십시오
더 깊이 더 오래
사랑하라 하십시오
사랑 때문에 행복하지 못하더라도
사랑하라 하십시오
사랑하는 그 자체가 이미
사랑의 보상이며
사람 세상에선
사랑 이상의 가치가
없습니다

태양에게

반은 잠들고 반은 깨어
새벽이 온다 빛이 온다 바라볼 때
동터 오던 태양

그대를 연인으로 여겼더라면
춥고 의지 없던 낮밤
산 첩첩 물 늠실늠실의 젊은 시절을
덜 울고 덜 불붙어 좋았을 텐데
햇볕 쪼이는 의자에 앉아
그대이구나 그대 가득하구나며
내 마음 충만했을 텐데

내 나라 불 꺼지고
치욕의 그물로 휘감겼을 때
무얼 그러느냐
한 시절의 안개요 소낙비일 뿐이라고
유구한 조국을 믿고 축원하게 해 주던
젊고 지혜로운 태양이여

사람은 누구나

단명한 중생이지만

살아 한세상 죽어 기나긴 세월에도

그대를 바라보리라

영원한 태양이여

애국가

하느님이 보우하사

우리나라 만세

하느님이 보우하사

우리나라 만세

하느님이 보우하사

우리나라 만세

하느님이 보우하사

우리나라 만세

후조 候鳥

당신을 나의 누구라고 말하리
나를 누구라고 당신은 말하리
마주 불러볼 정다운 이름도 없이
잠시 만난 우리
오랜 이별 앞에 섰다

갓 추수를 마친 밭이랑에
노을을 등진 긴 그림자모양
외로이 당신을 생각해 온
이 한 철,
삶의 백 가지 간난 중에
이 한 가지 제일로 두려워했음이라
눈멀 듯 보고 지운 마음
벌이여
이 타는 듯한 갈망

당신을 나의 누구라고 말하리
나를 누구라고 당신은 말하리
우리가 늙어버린 어느 훗날에
그 전날 잠시 창문에서 울던
어여쁘디어여쁜 후조라고나 할까

옛날에

이러한 사람이 있었더니라

애뜯는 한 마음이 있었더니라

이렇게

죄 없는 얘깃거리라도 될까

우리들 이제

오랜 이별 앞에 섰다

빗물 같은 정을 주리라

너로 말하건 또한
나로 말하더라도
빈손 빈 가슴으로 왔다 가는 사람이지

기린 모양의 긴 모가지에
멋있게 빛을 걸고 서 있는 친구
가로등의 불빛으로 눈이 어리었을까
엇갈리어 지나가다
얼굴 반쯤 그만 봐버린 사람아
요샌 참 너무 많이
네 생각이 난다

사락사락 싸락눈이
한 줌 뿌리면
솜털 같은 실비가 비단결 물보라로
적시는 첫봄인데
너도 빗물 같은 정을
양손으로 받아주렴

비는 뿌린 후에

거두지 않음이니

나도 스스로운 사랑으로 주고

달라진 않으리라

아무 것도

무상으로 주는

정의 자욱마다엔 무슨 꽃이 피는가

이름 없는 벗이여

우리의 독도, 아픈 사랑이여

1

동해의 끝자락 아슴한 수평선에

독도는 강건한 수직의 등뼈여라

화산폭발의 불길에서 태어나

수백만 년 미리부터 이 나라 기다렸다

아아 우리의 독도

대한민국의 유구한 축복

아아 우리의 독도

이리 늦게 고백하는

아픈 사랑이여

2

번개와 폭풍우 사철 사나운 파도

독도는 인내와 극복을 일깨운다

불굴의 의지와 자존의 표상으로

수백만 년 훗날까지 이 겨레 지켜주리

아아 우리의 독도

대한민국의 유구한 축복

아아 우리의 독도

이리 늦게 고백하는

아픈 사랑이여

생명

목숨

아직 목숨을 목숨이라고 할 수 있는가
꼭 눈을 뽑힌 것처럼 불쌍한
산과 가축과 신작로와 정든 장독까지

누구 가랑잎 아닌 사람이 없고
누구 살고 싶지 않은 사람이 없는
불붙은 서울에서
금방 오무려 연꽃처럼 죽어갈 지구를 붙잡고
살면서 배운 가장 욕심 없는
기도를 올렸습니다

반만 년 유구한 세월에
가슴 틀어박고
매아미처럼 목태우다 태우다 끝내 헛되이 숨져간
이 모두 하늘이 낸 선천의 벌족罰族이더라도
돌멩이처럼 어느 산야에고 굴러
그래도 죽지만 않는
목숨이 갖고 싶었습니다

평소에 가벼운 신발을 선호하셨는데 큰 자부子婦가 사드린
오른쪽 신발을 돌아가시기 전까지 가장 많이 신고 다니셨다.

생명

생명은 추운 몸으로 온다
벌거벗고 언 땅에 꽂혀 자라는
초록의 겨울보리,
생명의 어머니도 먼 곳에서
추운 몸으로 왔다
진실도
부서지고 불에 타면서 온다
버려지고 피 흘리면서 온다

겨울 나무들을 보라
추위의 면도날로 제 몸을 다듬는다
잎은 떨어져 먼 날의 섭리에 불려 가고
줄기는 이렇듯이
충전 부싯돌임을 보라

금가고 일그러진 걸
사랑할 줄 모르는 이는 친구가 아니다
상한 살을 헤집고
입맞출 줄 모르는 이는 친구가 아니다

생명은 추운 몸으로 온다
열두 대문 다 지나온 추위로
하얗게 드러눕는
함박눈 눈송이로 온다

심장이 아프다

"내가 아프다"고 심장이 말했으나
고요가 성숙되지 못해 그 음성 아슴했다
한참 후일에
"내가 아프다 아주 많이"라고
심장이 말할 때
고요가 성숙되었기에
이를 알아들었다

심장이 말한다
교향곡의 음표들처럼
한 곡의 장중한 음악 안에
심장은
화살에 꿰뚫린 아픔으로 녹아들어
저마다의 음계와 음색이 된다고
그러나 심연의 연주여서
고요해야만이 들린다고

심장이 이런 말도 한다
그리움과 회한과 궁핍과 고통 등이
사람의 일상이며
이것이 바수어져 물 되고

증류수 되기까지

아프고 아프면서 삶의 예물로

바쳐진다고

그리고 삶은 진실로

이만한 가치라고

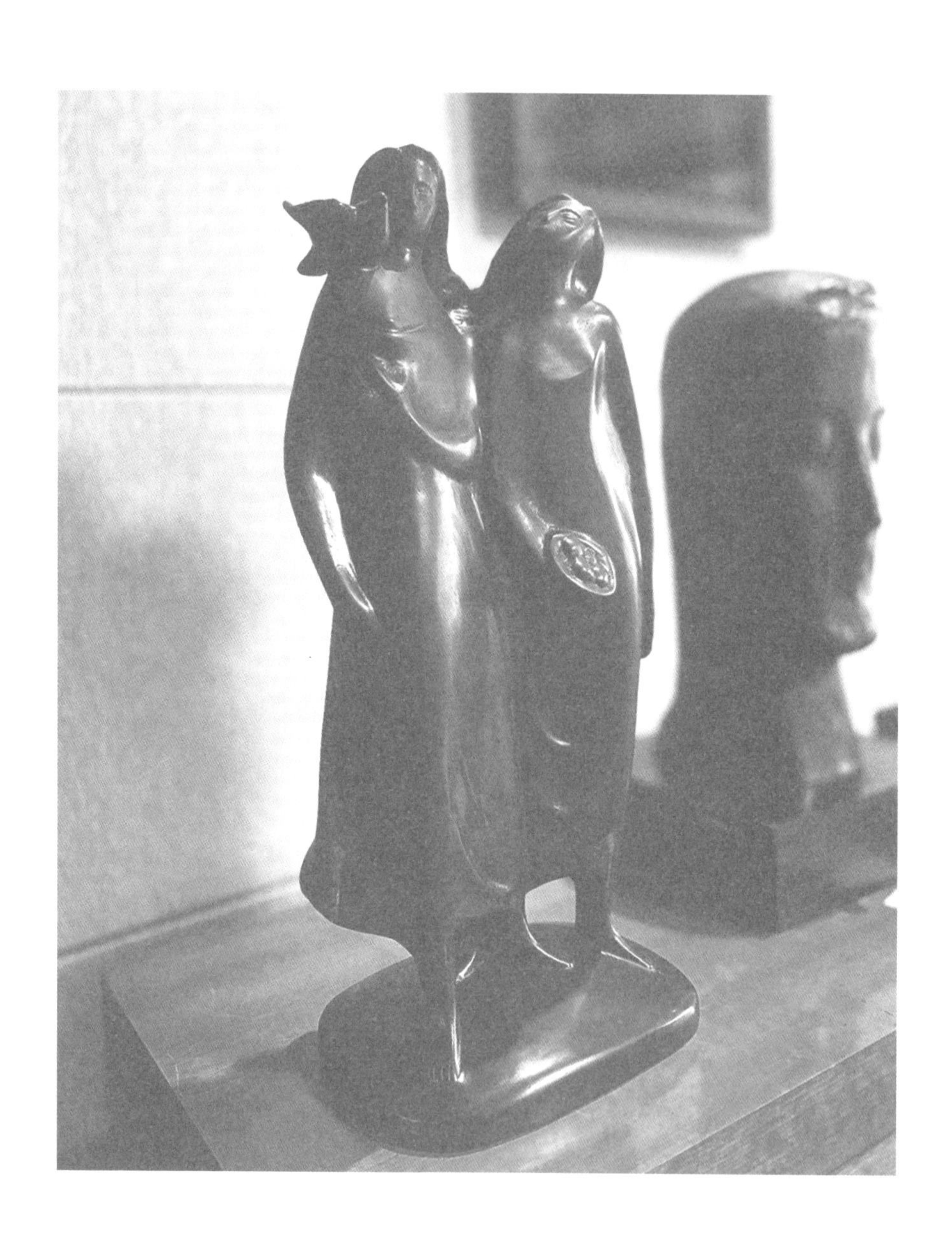

평화, 김세중, 30x20x64cm, 청동, 1982

두 깃발

하나의 깃발보다
둘의 깃발이 더 외롭고 심각하다
공중에 소슬히 당겨져
따로이 묶였으면서
온몸으로 마주 펄럭이다니

옥양목 한 폭의 모세혈관이
올올이 거문고 울리는 게 분명해
노을을 가로지른 새떼가
진홍깃털 그림자 흘린 걸로
온가슴 문신 그은 게 분명해

하나의 깃발보다
둘의 깃발이 더 아프고 숙연하다
저들이 사람을 닮았거나
사람이 저들을 닮은 게 분명해

촛불

13

승천한 촛불들은

별이 되었나요

별이 되어 밤새도록

빛의 비를 내리나요

19

하늘에 올림을

너와 함께

하늘이 베푸심을 또한

너와 함께

이가 내 기도임을

22

너만 울리진 않아요

혼자 노숙하겐 결코 못 해요

촉루 모두

불이 되는 너를

나 죽은 후라도

투명한 내 몸이

안아줄 거예요

골목길

편지처럼 비밀스런
골목길 안으로
편지봉투 열고 들어가 볼걸
산 넘고 물 건너이던 그때 그 먼 사람과
낯선 골목길에라도 한 번
스며들어 볼걸

귤빛 적시는 대문등과
누구나 평생의 한 이름인 님의 집
귀한 문패들,
안녕하세요 안녕하세요
제 둥지를 찾아오는 이들
너무나도 측은하고 사랑스러워
헤프게 포옹하고 싶어
그러나
그도 저도 내 과분한 꿈의
끝자락이었을 뿐

오늘은

저문 세월의 열두 대문 안에서

거뭇한 가마솥에

못해본 아쉬움의 약초즙

달이고만 있다

나무들 · 8

바람 부스러기로
가랑잎들 가랑잎나비로 바람 불어 갔으니
겨울나무는 이제
뿌리의 힘으로만 산다

흙과 얼음이 절반씩인
캄캄한 땅속에서
비밀스럽게 조제한 양분과 근력을
쉼 없는 펌프질로
스스로의 정수리까지
밀어 올려야 한다

백설로 목욕, 얼음 옷 익숙해지기,
추운 교실에서 철학책 읽기,
모든 사람과 모든 동식물의 추위를 묵념하며
삼동내내
광야의 기도사로 곧게 서 있기

겨울나무들아
새 봄 되어 초록 잎새 환생하는
어질어질 환한 그 잔칫상 아니어도
그대 퍽은
잘생긴 사람만 같다

햇빛 쪼인다

죽음이 업고 간 이들
아니 돌아오고
절통의 가슴앓이도
뒷소식 못 들었으나
보아라 푸르청청 아른아른의
햇빛 피륙들이
부시게 너울거려
빛의 금가루 자욱하다

한데 이를 어쩌나
자신의 재주가
옛날에 못 미친다며 눈물 흘리는
늙고 초췌한 마술녀魔術女 옆에서
내가 그녀라는 생각
아무래도 그녀라는 생각
거듭 치받는다

그러면서 지금
내 몸의 뼈의 골수까지도
햇빛 쪼이니
복 받는 일 아닌가
복 받는 거 모른다면
안되는 일 아닌가

햇빛

햇빛이 아름답다

아슴한 옛 시절과 이후의 무궁 세월

더 있다면 더 있는 그때에도

햇빛은 아름다우리니

이런 풍요

정녕 누가 주시었나

촛불 앞에서

사별한 이의 생일
암암한 고요 가운데
무명심지, 진홍불숭어리의
촛불 한 자루
바람도 흔들지 못한다
슬픔 달이고 졸인
영혼의 땀과 눈물

절망도 동이 나면
희망에 닿을지 모른다고
이별과 죽음인들 한품에 안아버리면
촛불 사위듯 그저
평화일 따름이리라고
밤 이슥히 이리 일깨우네

선생님은 양초를 좋아하셔서 각종 초를 수백 개 수집하셨으며
촛불과 관련된 시를 많이 쓰셨다.

서녘

사람아
아무러면 어때

땅 위에 그림자 눕듯이
그림자 위에 바람 엎디듯이
바람 위에 검은 강
밤이면 어때

안 보이면 어때
바다 밑 더 패이고
물이 한참 불어난들
하늘 위 그 하늘에
기러기떼 끼럭끼럭 날아가거나
혹여는 날아옴이
안보이면 어때

이별이면 어때

해와 달이 따로 가면 어때

못 만나면 어때

한 가지

서녘으로

서녘으로

잠기는 걸

가족·신앙

은혜의 성모, 김세중, 78×21×21cm, 청동, 1983

성모

성모께선 이름도 외로우셔라
꽃이 진 연후에 아픈 꽃모가지
이슬 묻은 꽃줄기가 애련하듯이
그 아드님 죽으시고
어머님 거룩타 불리셨지

성모께선 한 몸에 피 묻으시고
사랑에도 피 묻어
여인의 숙명 남김없는 비통을
사시었거니 견디시었거니
슬픔이 하맑은 수정구슬 되듯이
성모께선 눈매도 짙으신 물빛

어머님의 성서聖書

고통은 말하지 않습니다
고통 중에 성숙하며
크나큰 사랑처럼 오직 침묵합니다

복음에는 없는 마리아의 말씀
묵언의 문자들은
고통스런 영혼들이 읽는
어머님의 성서입니다

긴 날의 불볕을 식히는
여름 나무들이
제 기름에 불 켜는
초밤의 밀촉이
하늘 아래 수직으로 전신배례를 올릴 때
사람들의 고통이 흘러가서 바다를 이룰 때
고통의 짝을 찾아 서로 포옹할 때
어머님의 성서는

천지간의 유일한 음악처럼

귀하고 낭랑하게 잘 울립니다

아버지

아버지가 아들을 부른다
아버지가 지어준 아들의 이름
그 좋은 이름으로
아버지가 불러주면
아들은 얼마나 감미로운지
아버지는 얼마나 눈물겨운지

아버지가 아들을 부른다
아아 아버지가 불러주는
아들의 이름은
세상의 으뜸같이 귀중하여라
달무리 둘러둘러 아름다워라

아버지가 아들을 부른다
아들을 부르는 아버지의 음성은
세상 끝에서 끝까지 잘 들리고
하늘에서 땅까지도 잘 들린다
아버지가 불러주는
아들의 이름은
생모시 찢어내며 가슴 아파라

아가와 엄마의 낮잠

아가 손 쥐고
아가 함께 엄마도 단잠 자는
눈 어린 대낮

아가 얼굴이사
물에 뜬 미끈한 달덩이지
눈이야 감건 말건
훤히 비치는 걸

조랑조랑 꽃이 많은 꽃묶음이나
잘 익은 과일들의 과일바구니모양
달디단 살결 내음
아가의 향기

꿈결에도 오가느니
아가 마음과 엄마 마음
금수레에 올라탄
메아리라 부르랴
사락사락 입맞추는
봄바람이라 부르랴

아가 한 번 눈떠 보면
엄마도 잠이 깨고
아가 방긋 웃어 주면
엄마 가슴은 해돋이

창호지 한 장 너머
누가 오고 누가 가건
우리 아가 옆자리는
엄마의 낙원

엄마들은 누구나

사람은 자기의 무게로 넘어지고
스스로의 허무에 말을 잃는다
아가야 엄마의 이런 말을 너는 모를 테지

기도하는 마음이 따로 있을까
자식의 앞날을 염려하는 엄마들은
저절로 신의 회당에 사는 것을
때로는 쫓겨난 여자처럼
마음 춥고
숨겨온 슬픔이 꽃씨처럼 파열할 땐
너희들 그늘에서 조금만
엄마를 울게 해 주련

살아갈수록
잠이 오지 않는 밤만 많아진다
막이 오르면 밝은 무대 위엔
아빠와 너희들이 있고
엄마는 숨긴 얼굴의 근심 많은 연출가란다

아가야
새털 같은 머릿결을 어루만지며
너희를 길러주는 모든 햇빛에
엄마는 거듭거듭 절을 올린다

아들에게

서 있지 않고 쉼없이 걷는 삶
배고픈 날도 걸어가는 삶
그런 줄을 알면서 아들아
내일이면 큰 바다를 건널
너의 방 불빛에
엄마는 척추를 다친 사람만 같구나

엄마를 닮아
감상에 시달림이 고통이라는
그 미안한 내 아들아
하기야 우리 모자
감상엔 도통했지
어린애 위장처럼 아무 때나 허기지고
열여섯 그대로의 사춘기로
평생을 살아가는 우스꽝이라니

아들아
엄마의 참얼굴은 너도 모른다
마음은 한지라
수시로 문풍지 소리를 내고

실은 사랑도 모른단다
가슴 닳아 뭉개져서
핏물 질펀히 흐르는 일 외는

상처 준 이 없이도 비명 지르고
하마터면 죽을 뻔, 죽을 뻔,
이리도 한심한 엄마의 처지로서
너에게 축복을 주노니
아들아
엄마를 닮지 말고
엄마에게 배우지도 말아라

성서

이 먼 나라 호텔의 서랍 속에
성서 한 권,
이 분을 여기서 만나는구나
가슴에 품어 안으니
두 몸의 치수가 숙연히 잘 맞아
이 분과 함께 편안하구나

지금 조용하고
우리 둘뿐이니
어떤 고백도 울음도 서슴지 말라시는
희한하게 감미로운 분이시구나

세계의 어느 여숙에도
이 분이 기다려 계심으로
모든 나그네
허행의 발걸음이 아니고
확고히 도착하는
그 사람 되는 것을

예수상, 김세중, 49×21×19cm, 청동, 1984

선생님은 예수님을 가장 사랑하셨다.

예수상을 늘 곁에 두셨다.

자동차

작은 집입니다
지붕 실하여 비바람 막아주고
벽은 사방 유리입니다
구김 없이 펼쳐지는
두루마리 병풍 그림,
금단추 반짝이며
줄을 선 가로등,
우수와 고독의 안개 자욱한
대도시 한가운데
잠시 지금은
그대와 내가 이 집에 삽니다
기죽은 사람의 우수도
손잡고 함께 있습니다

후일 이 주소로
편지 쓰고 싶을 겝니다

망부석

해 저문 어스름의

강 저켠에

사람 하나 어둑어둑 보인다

쌓이는 나달이

책장처럼 부풀어도

그 사람 한자리에 보인다

옛날의 호롱불

그쯤으로 희미해도

그 사람 보인다

사람 같은 돌 하나

돌 같은 사람 하나

어둑어둑 보인다

세월 더욱 오고 가도

그 사람 저기 있다

어둑어둑 보인다

어머니

겨울비 멈추고 눈 내릴 때
어머니, 보고 싶었습니다
눈 멎고 그믐달 아슴할 때
어머니, 보고 싶었습니다
달이 사위고 온 하늘 별밭일 때
어머니, 보고 싶었습니다

태어나서 가장 기막힐 그만큼
지금 보고 싶습니다
어머니

한국전쟁 때 형제, 자매를 모두 잃으신 선생님은
결혼 후에도 어머니와 함께 사셨으며 돌아가신 후 늘 그리워하셨다.

살고 싶은 집

나지막한 산기슭
숲 하나 가까이 있는 곳의
집 한 채.
좋은 책들과 안락의자 몇 개
간혹 울리는 전화
정다운 손님 몇이 왕래하고
음악과 영상기기
「예수의 두상」 작품 하나
꽃은 사방에서 피고
마음에도 피고

죄 없이 살면서, 는 아니고
가급 죄짓지 않으면서
나 혼자여도
은혜롭게 살아갈
그런 집 한 채

손자 이야기

너는 TV를 보고
할머니는 너를 본다. 알아?
손자는 수줍게 머리를 끄덕인다
착한 우리 아가
부디 착한 어른으로 자라거라
마음이 한 말을 마음이 들었는지
손자가 문득 나를 본다

아이의 손
손가락 다섯인 거 새삼 신기하다
눈 감고 몰입하는
옛날 진맥법으로 들어보는 맥박
이적진 마음이
존재의 주인인 줄 여겼는데
몸도 동등한 주인이구나

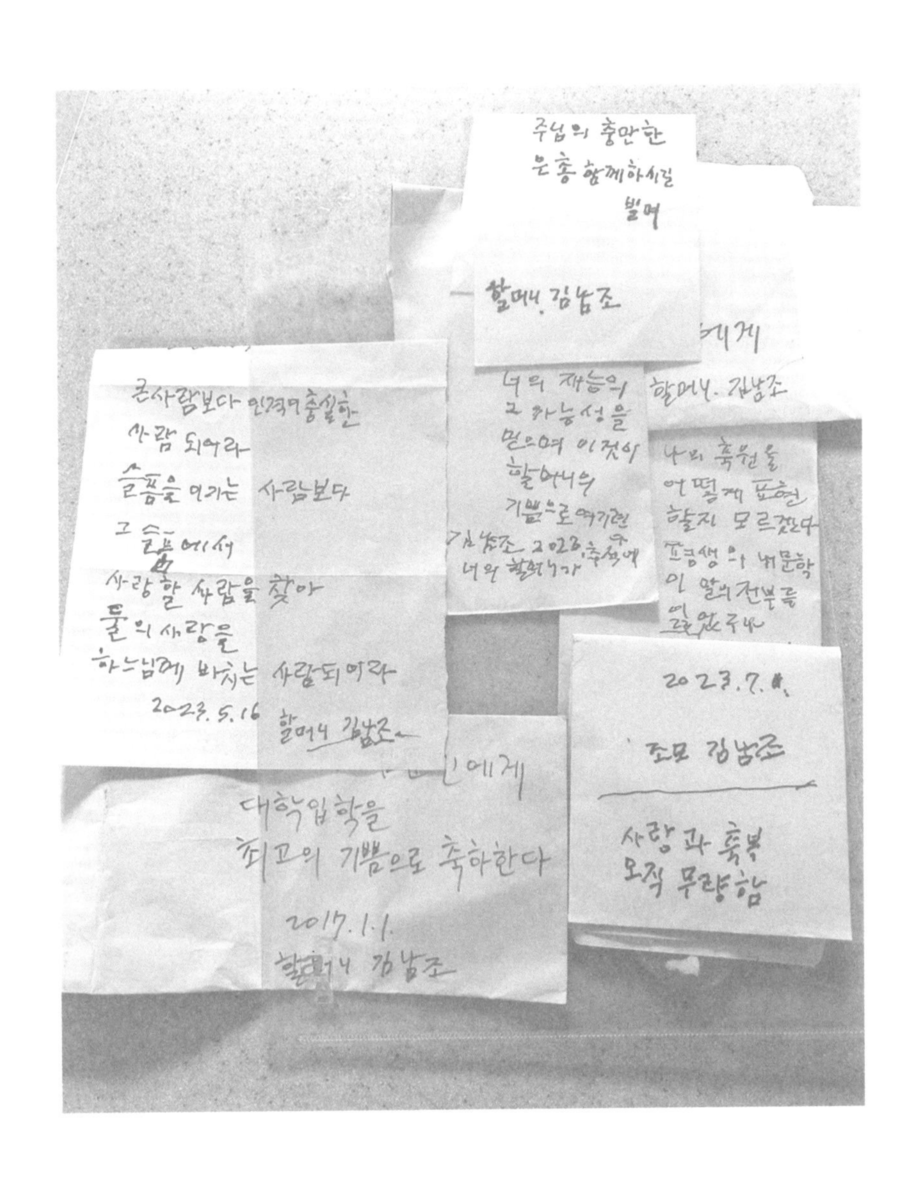

손주들에게 써 주신 손 편지들이다.

면류관

가시나무의 가시 많은 가지를
머리 둘레 크기로 둥글게 말아
하느님의 머리에
사람이 두 손으로 씌워드린
가시면류관
너희가 준 것은 무엇이든 거절치 않노라고
이천 년 오늘까지 하느님께선
그 관을 쓰고 계신다

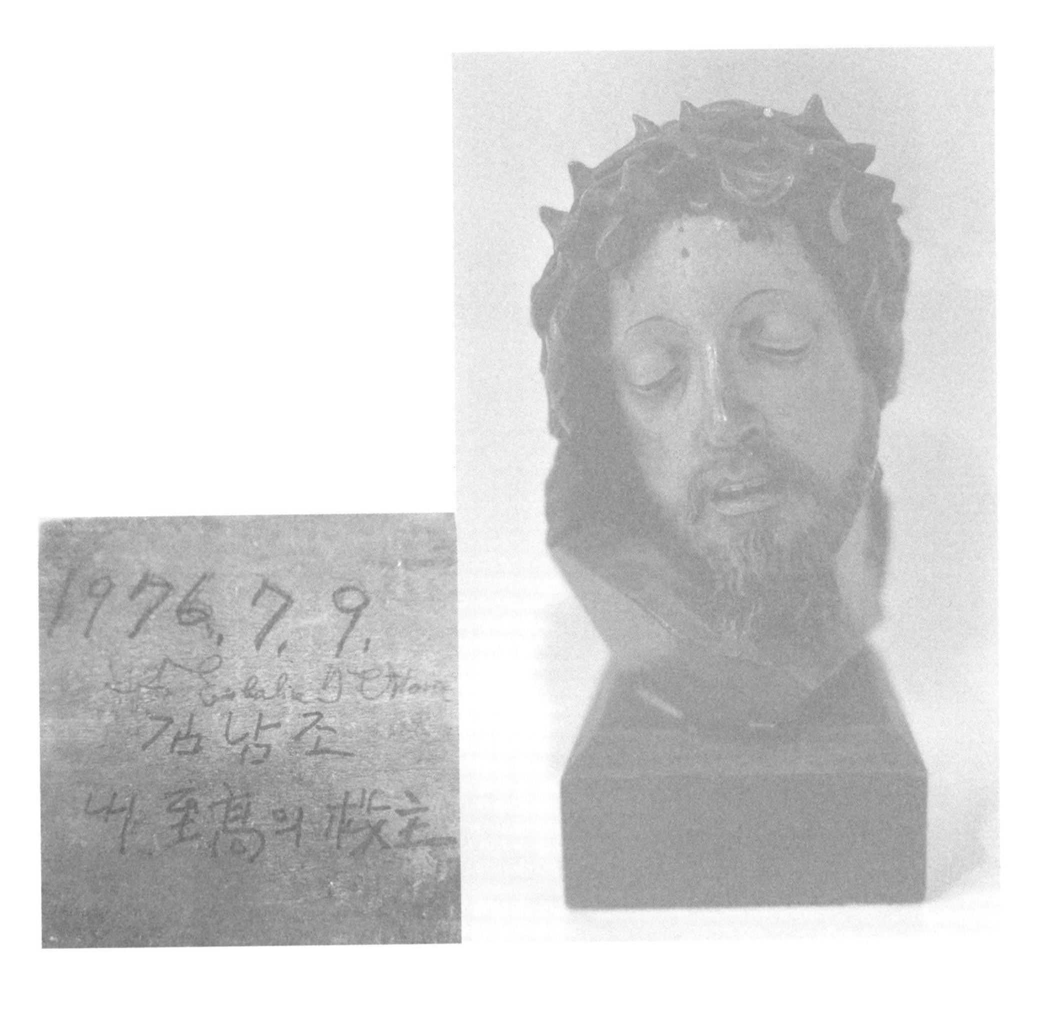

김세중 선생님과

이탈리아 여행 중 사오신 예수상

삶

보통 사람

성당문 들어설 때
마음의 매무새 가다듬는 사람,
동트는 하늘 보며
매번 인사하는 사람,
축구장 매표소 앞에서
온화하게 여러 시간 줄 서는 사람,
단순한 호의에 감격하고
스쳐가는 희망에 가슴 설레며
행운은 의례히 남의 몫인 줄
여기는 사람,
울적한 신문기사엔
이게 아닌데, 아닌데 하며
안경의 어룽을 닦는 사람,
한밤에 잠 깨면
심해 같은 어둠을 지켜보며
불우한 이웃들을
근심하는 그 사람

모래시계

청모시 얼비치는
새맑은 아침
모래시계 사륵사륵
수정알갱이 소리
세월이 쌓이는 소리

진보라 연지빛이
타는 노을녘
모래시계 사륵사륵
마음이 물드는 소리
세월 더하는 소리

잠 없는 깊은 밤의
소슬한 달빛
모래시계 사륵사륵
금실편지 오는 소리
세월 더욱 깊는 소리

왼쪽은 김세중 선생님과의 결혼반지, 오른쪽은 선생님의 어머님이 주신 반지로
돌아가시지 전까지 손가락에서 빼지 않으셨다.

새벽 전등

간밤에 잠자지 못한 이와
아주 조금 잠을 잔 이들이
새소리보다 먼저 부스럭거리며
새벽 전등을 켠다
이 거대한 도시 곳곳에
불면의 도랑은 비릿하게 깊은 골로 패이고
이제 집집마다
아침 광명이 비추일 것이나
미소짓는 자, 많지 못하리라

여명에 피어나는 깃발들

독립 반 세기라서 한달간
태극기를 내걸자는 약속에
이백 만 실직가정도 이리 하려니와
희망과의 악수인 건 아니다

참으로 그 누가
이 많은 이를 살게 하고
이들의 영혼을 의연하게 할 것이며

정녕 그 누가
이 시대를 구제하기 위해
십자가에 못 박히겠는가

심각한 시절이여
잠을 설친 이들이 어둠을 밀어내며
새벽 전등을 켠다

이른 새벽 이 전등을 켜시면서 하루 일과를 시작하셨다.

모비딕

모비딕은 흰 고래
아니 요동치는 섬이요 숲이다
그 몸에 깊이 박힌
창과 작살들이
하세월 피와 녹물을 흘리건만
산같이 우람하고
번개처럼 민첩한 그를
죽일 수 없고 죽지도 않는다

천하제일 암울한 열정의
맞수가 되어줄 등가等價의 영혼은
망망대해 어디에 있는가

그간에 에이하브선장도 가고
부친인 멜빌마저 떠났거늘
혼자 남아 천하제일 장엄한 고독인
흰 고래 모비딕

우편물

내가 못 가는 곳에도
나의 책은 우표 붙이고 간다
책갈피 첫머리
저편 이의 이름을 쓰곤
시린 손을 잠시 댄다
가서 안부 전하고
호젓이 그 옆에 오래 머물라고
그가 외로울 땐
그 더욱 옆에 꼭 있으라고
마음 깊은 당부도
안 보이게 함께 간다

먼 전화

지도에서도 못 찾을
서름한 먼 나라에서
걸려온 전화,
어서 돌아오세요라고 했더니
햇살 반 소낙비 반 같은
모순의 웃음소리가
전화 목소리 걸어오는 길가에
좌르르 깔린다
왜 웃느냐고 물어보니
돌아오라는 그 말이
행복해서라나 뭐라나

반 년만에 일 년만에
잊을만하면 걸려오는 전화
어서 돌아오세요라고 하면
그 말 한번 듣는
천금 같은 재미탓에
못 온다나 어쩐다나

선생님은 항상 수첩에 빼곡히 전화번호를 적어 두셨다.

노약자

노약자,
이 이름도 나쁘진 않아
그간에 삼만 번 가까이는
해돋이를 보고 해 아래 살아
해의 덕성과 은공을
웬만큼은 일깨웠는지라

사람의 마음도
삼만 번의 열 갑절은
밝거나 흐린 음표들의 악보로써
나의 심연에 흘러 닿아
사람의 노래를 아는 실력의
웬만큼은 되었는지라

노약자,
무저항의 겸손한 이름이여
으스름 해 저물녘의
초생달빛이여
치수 헐렁하여 편한
오늘의 내 의복이네

집 안에서 항상 신고 다니시던 덧신.

조각보자기

바늘이 천을 뚫어
실이라는 혈관을 이어주면
바늘에 찔려서 아픈 천조각들은
몸을 다친 두 사람처럼
서로의 상처를 포갠 채
하나로 봉합되고

한 땀 한 땀 기워가는
더디고 촘촘한 손바느질로
작은 것, 큰 것, 더 큰 것
심지어는 오백 조각까지를 이어 붙인
통이불이나 이불보마저 지어내어
자식들 혼수에 보태주던
옛 어머니들의 사랑
옛 어머니들의 예술

이건 수예품 그 아닌
바위 헐어 돌집 짓듯이 하는 노동
기도 일념으로 세운
세계 유일의 조각보공화국
보물섬 지도보다

더 보배인
찬연한 문화지도

명인들이 두는 바둑판처럼
생각 몹시 깊었으리
맵고 청청한 그리움의 근력쯤으로
침침한 호롱불 아래에서도
한 푼 어긋남 없이
이 일 해내었으리

비단, 모시, 무명, 종이까지
질감으로 구분하고 가위로 윤곽 추려
불인두 지나면서 구김도 펴니

어느 건
기하학의 구도와 질서로
어느 건
무지개 색조와 그 언저리

파격으로 다듬어지고
그 위에

개성과 격조가 송알송알 맺히니

아름다움을 넘어

지극 신비하다

수백 년 풍상의 무게 그 위에

설풋이 운무도 감도느니

산신령 아닌 보자기 신령님이

필연 여기 계시더라

정념의 기旗

내 마음은 한 폭의 기
보는 이 없는 시공에
없는 것 모양 걸려 왔더니라

스스로의 혼란과 열기를
견디지 못해
눈 오는 네거리에 나서면
눈길 위에 연기처럼 덮여오는
편안한 그늘이여
마음의 기는 이제금
눈의 음악이나 듣고 있는가

나에게 원이 있다면
뉘우침 없는 일몰이
고요히 꽃잎인양 쌓여 가는
그 일이란다
황제의 항서降書와도 같은
무거운 비애가
맑게 가라앉는 하얀 모랫벌 같은
마음씨의 벗은 없을까

내 마음은 한 폭의 기
보는 이 없는 시공에서
때로 울고 때로 기도 드린다

빈 의자

사랑하는 이는 누구나
운명의 끝사람입니다
다시는 아무도 오지 않는다는
순열한 일념으로
그에게 몰입합니다

그러나 수심은 깊고
햇빛은
어느 중간까지만 비춥니다
꽃시절이거나
첫눈 내리거나에 상관없는
어느 날
끝의 사람이 떠납니다
끝의 사람이 떠납니다

마침내의
끝손님은
하나의 빈 의자입니다

시계

그대의 나이 구십이라고
시계가 말한다
알고 있어, 내가 대답한다

시계가 나에게 묻는다
그대의 소망은 무엇인가
내가 대답한다
내면에서 꽃피는 자아와
최선을 다하는 분발이라고
그러나 잠시 후
나의 대답을 수정한다
사랑과 재물과
오래 사는 일이라고

시계는
즐겁게 한판 웃었다

그럴 테지 그럴 테지
그대는 속물 중의 속물이니
그쯤이 정답일 테지…
시계는 쉬지 않고
저만치 가 있다

이 시계가 지닌 고상한 분위기를 좋아하셔서

오랜 세월 늘 곁에 두고 보셨다.

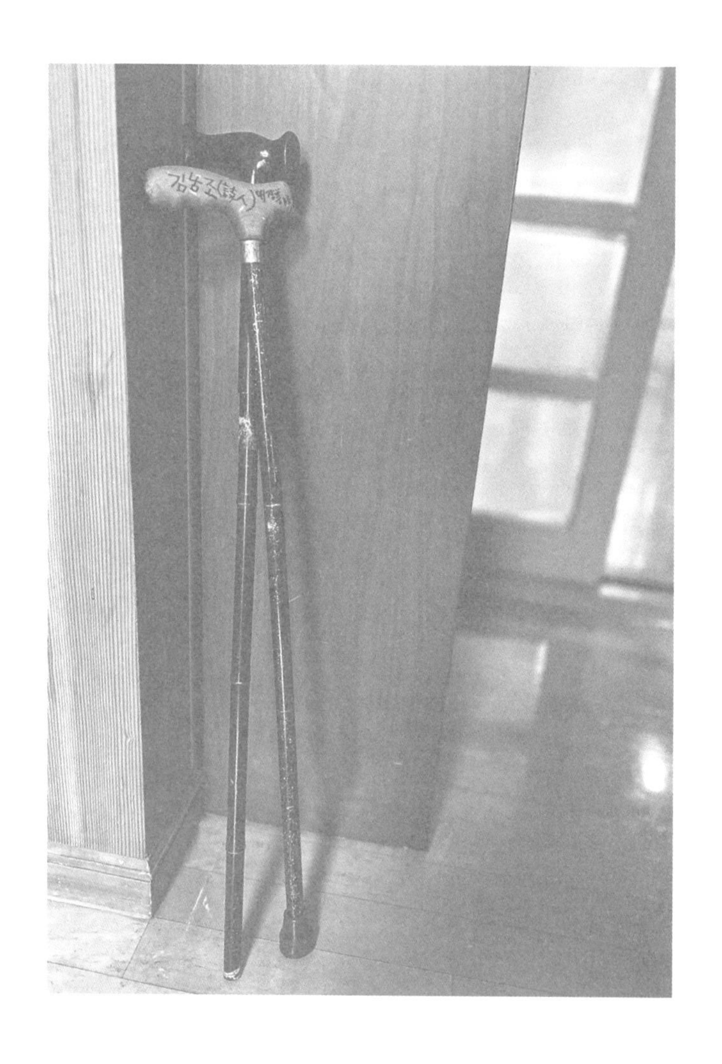

선생님은 빙판에서 넘어지신 후로 지팡이를 짚으셨는데,
셋으로 접혀지는 이 지팡이를 가장 애용하셔서
스스로 '김남조 애장품 1호'라고 적어놓으셨다.

노년의 날개

빼걱거리는 내 뼈는
몸 안의 자잘한 사슬이며
허허로운 모래밭에
내 순정의 파편들이 쌓이고
그 위에
질펀한 노을

애련하구나
늙는 일 서툴러서
깃털 줄어도 더 줄어도
날아오르려 애쓰는
내 노년의 날개

김남조 연보

김남조 연보

1927. 9. 26.	대구에서 출생
1940	대구시 남명초등학교 졸업
1944	일본 후쿠오카시 큐슈여고 졸업
1947	서울대학교 문예과文豫科 수료
	서울대학교 사범대학 국어교육과 입학
1948	연합신문에 시 '잔상', 서울대 시보에 '성숙' 등 작품 발표
1951	서울대학교 사범대학 국어교육과 졸업
	마산 성지여고 교사, 마산고 교사
1953	이화여고 교사.
	서울대, 성균관대, 숙명여대 강사
	첫 시집 『목숨』, 수문관 간행
1955	제2시집 『나아드의 향유』, 남광문화사 간행
	숙명여대 전임강사. 조각가 김세중과 결혼
1956	장녀 정아晶雅 출생
1958	제3시집 『나무와 바람』, 정양사 간행
	제1회 자유문협상 수상
	장남 녕寧 출생
	숙명여대 조교수
1959	한국여류시인선집 『수정과 장미』, 편저 정양사 간행
1960	제4시집 『정념의 기』, 정양사 간행
	차남 석晳 출생
1961	숙명여대 부교수
1962	박목월과 공동문집 『구원의 연가』, 상아출판사 간행
1963	제5시집 『풍림의 음악』, 정양사 간행
	제2회 5월 문예상 수상
	3남 범範 출생
1964	숙명여대 교수
	첫 수필집 『잠시 그리고 영원히』, 신구문화사 간행
1966	제2수필집 『시간의 은모래』, 중앙출판공사 간행
1967	제6시집 『겨울바다』, 상아출판사 간행
	제3수필집 『달과 해 사이』, 상아출판사 간행

1968	제4수필집 『그래도 못다한 말』, 상아출판사 간행
1971	제7시집 『설일』, 문원사 간행
	제5수필집 『다함없는 빛과 노래』, 서문당 간행
1972	『김남조 전작집』 전7권, 서문당 간행(후에 9권까지 증보)
	제6수필집 『여럿이서 혼자서』, 서문당 간행
1974	제8시집 『사랑초서』, 서문당 간행
	제7회 한국시인협회상 수상
1975	『김남조 육필시선집』, 문학사상사 간행
1976	제9시집 『동행』, 서문당 간행
	여류문학인회 중앙위원
1977	제7수필집 『은총과 고독의 이야기』, 갑인출판사 간행
1979	제8수필집 『기억하라, 아침의 약속을』, 여원사 간행
1981	카톨릭문우회 대표
1982	제10시집 『빛과 고요』, 서문당 간행
1983	제11시집 『시로 쓴 김대건 신부』, 성바오로출판사 간행
	『김남조 시전집』, 서문당 간행
	제9수필집 『사랑의 말』, 주우 간행
1984	한국시인협회 회장
	소설문학에 2년간 연재한 꽁트집 『아름다운 사람들』, 소설문학사 간행
	교육개혁심의회 위원
1985	일본어 번역시집 『風と木々(바람과 나무)』, 일본화신사花神社 간행
	제40회 서울시 문화상 수상
	잠언집 『생각하는 불꽃』, 어문각 발행
	교육개혁심의위원회 위원
1986	한국여류문학인회 회장
	김세중 교수 별세(1928-1986)
1987	방송위원회 위원
	(재)김세중기념사업회 설립 및 이사장(1987-2023)
1988	제12시집 『바람세례』, 문학세계사 간행
	대한민국 문화예술상 수상
	한국방송공사KBS 이사
1990	제12차 서울 세계시인대회 계관시인桂冠詩人
	대한민국예술원 문학 분과 회원 입회(1990-2023)
1991	서강대학교 명예문학박사
	제10수필집 『끝나는 고통 끝이 없는 사랑』, 자유문학사 간행
	『김남조 시전집』 증보판(31판) 발간, 서문당 간행

1992	제33회 3 · 1문화상 수상
	숙명여대 한국어문화연구소 소장
1993	숙명여대 정년퇴임. 명예교수
	국민훈장 모란장 수훈
	『예술가의 삶』, 혜화당 간행
	영어 번역시집 『Selected Poems of Kim Namjo』, 미국 코넬대학 간행
1995	제13시집 『평안을 위하여』, 서문당 간행
	일어 번역시집 『風の洗礼 바람세례』, 일본 화신사 간행
1996	독일어 번역시집 『Windtaufe』, 독일 흘레만출판사 간행
	제41회 대한민국예술원 문학 부문 예술원상 수상
1997	꽁트집 『아름다운 사람들』, 좋은날 재간행
1998	제14시집 『희망학습』, 시와시학사 간행
	일어 번역시집 『韓國三人詩集』, 김남조 · 구상 · 김광림 공저, 일본 토요미술사 간행, 은관문화훈장銀冠文化勳章 수훈
1999	제11수필집 『사랑 후에 남은 사랑』, 미래지성사
2000	방송문화진흥회(MBC) 이사(2000~2002)
	일본세계시인제 제25회 지구문학상 수상
	제2회 자랑스런 미술인상 공로부문 수상
2002	한국대표시인선집 『김남조 시선집』, 문학사상사 간행
	소월시문학상 심사위원(2002~2013)
2003	스페인어 번역시집 『Antologia Poetica』, 스페인 Editorial Verbum S.L 간행
2004	제15시집 『영혼과 가슴』, 새미출판사 간행
2005	『김남조 시전집』, 국학자료원 간행
	한국가톨릭문인회 고문
2006	『神のランプ : 金南祚選詩集』(하느님의 램프), 일본 화신사花神社 간행
	제4회 영랑시문학상 본상 수상
	시화선집 『사랑하리, 사랑하라』, 김남조 시, 윤정선 그림, 랜덤하우스 간행
2007	제16시집 『귀중한 오늘』, 시학사 간행
	제11회 만해대상 문학 부문 수상
	구상선생기념사업회 고문
	정지용문학상 심사위원(2007~ 2013)
2008	문예지 시·시조 부문 '추운 사람들' 우수작품으로 선정
	대한민국건국60년기념사업위원회 공동위원장
	제1회 한국예술상 시 부문 수상
	전시 「제21회 시가 있는 그림전 : 김남조 시인의 시와 함께」, 예술의전당 한가람미술관

2009	국민원로회의 공동의장
	문학청춘 편집고문
	제1회 님 시인상 심사위원장
2010	제25회 소월시문학상 심사위원
	제22회 정지용문학상 심사위원
2011	꽁트집 『아름다운 사람들』, 문인의 문학 재간행
	제13회 청관대상 공로상 수상
2012	김남조 시선집 『가슴들아 쉬자』, 시인생각 간행
	일본어 번역꽁트집 『美しい人びと: 金南祚掌篇集(아름다운 사람들)』, 일본 화신사花神社 간행
	배재대 한류문화산업대학원 외래교수
	한국현대시박물관 상임고문
2013	제17시집 『심장이 아프다』, 문학수첩 간행
	제7차 국민원로회의 감사패 수상
	한국시인협회상 심사위원
2014	영어 번역시집 『Rain, Sky, Wind, Port』, A Forsythia Book, Codhill Press New Paltz 간행
	제17회 한국가톨릭문학상 시 부문 수상
	제25회 김달진문학상 수상
	전숙희 추모위원회 위원장
2015	문화예술공간 '예술의 기쁨' 개관(효창동)
	미수 기념 전시 「시가 있는 그림 : 김남조의 시와 함께」, 갤러리서림
2016	전시 「시와 더불어 70년 : 김남조 자료전」, 영인문학관
	정지용문학상 심사위원장
2017	제18시집 『충만한 사랑』, 열화당 간행
	제11시집 『시로 쓴 김대건 신부』, 고요아침 재간행
	제29회 정지용문학상 수상
2018	제14회 김삿갓문학상 수상
2020	제19시집 『사람아, 사람아』, 문학수첩 간행
	제12회 구상문학상 본상 수상
2021	프랑스어 시화선집 『Accueil - D'amour et de Lumière』 김남조 시, 방혜자 그림, Les éditions Voix d'encre 간행
2023	시화전 『사랑하리, 사랑하라』 김남조 시, 윤정선 그림, 김세중미술관
2023.10.10.	별세(1927.09.26~2023.10.10) 만 96세
2024	『정본 김남조 시전집』 증보판 간행

김남조 시 출처

시

나의 시에게 · 1 『바람세례』 중에서

젊은 시인들에게 · 1 『충만한 사랑』 중에서

젊은 시인들에게 · 2 『충만한 사랑』 중에서

시인에게 『평안을 위하여』 중에서

연필심 『영혼과 가슴』 중에서

시 쓰는 날 『귀중한 오늘』 중에서

미래의 시 『심장이 아프다』 중에서

심각한 시 『충만한 사랑』 중에서

책을 읽으며 『사람아, 사람아』 중에서

백지 『사람아, 사람아』 중에서

자화상 『정념의 기』 중에서

사랑

상사想思 『빛과 고요』 중에서

편지 『설일』 중에서

아가雅歌 · 2 『설일』 중에서

가난한 이름에게 『풍림의 음악』 중에서

연하장 『풍림의 음악』 중에서

너를 위하여 『풍림의 음악』 중에서

연 『동행』 중에서

사랑하게 두라 『사람아, 사람아』 중에서

태양에게 『사람아, 사람아』 중에서

애국가 『사람아, 사람아』 중에서

후조候鳥 『정념의 기』 중에서

빗물 같은 정을 주리라 『정념의 기』 중에서

우리의 독도, 아픈 사랑이여 『심장이 아프다』 중에서

생명

목숨 『목숨』 중에서

생명 『동행』 중에서

심장이 아프다 『심장이 아프다』 중에서

두 깃발 『영혼과 가슴』 중에서

촛불(13,19,22) 『동행』 중에서

골목길 『귀중한 오늘』 중에서

나무들 · 8 『심장이 아프다』 중에서

햇빛 쪼인다 『충만한 사랑』 중에서

햇빛 『사람아, 사람아』 중에서

촛불 앞에서 『영혼과 가슴』 중에서

서녘 『빛과 고요』 중에서

가족 · 신앙

성모 『겨울바다』 중에서

어머니의 성서聖書 『동행』 중에서

아버지 『바람세례』 중에서

아가와 엄마의 낮잠 『정념의 기』 중에서

엄마들은 누구나 『겨울바다』 중에서

아들에게 『바람세례』 중에서

성서 『평안을 위하여』 중에서

자동차 『영혼과 가슴』 중에서

망부석 『충만한 사랑』 중에서

어머니 『충만한 사랑』 중에서

살고 싶은 집 『충만한 사랑』 중에서

손자 이야기 『심장이 아프다』 중에서

면류관 『귀중한 오늘』 중에서

삶

보통 사람 『영혼과 가슴』 중에서

모래시계 『바람세례』 중에서

새벽 전등 『평안을 위하여』 중에서

모비딕 『희망학습』 중에서

먼 전화 『영혼과 가슴』 중에서

우편물 『영혼과 가슴』 중에서

노약자 『귀중한 오늘』 중에서

조각보자기 『귀중한 오늘』 중에서

정념의 기旗 『정념의 기』 중에서

빈 의자 『충만한 사랑』 중에서

시계 『충만한 사랑』 중에서

노년의 날개 『사람아, 사람아』 중에서

저의 마지막 때
영혼과 사랑은
눈 감지 않게 하소서

초판 1쇄 인쇄일 | 2024년 10월 1일
초판 1쇄 발행일 | 2024년 10월 10일

엮은이 | 구명숙

기획총괄 | 김 녕 김세중미술관 관장
구성 | 김원영 김세중미술관 학예실장
진행 | 김연윤 김세중미술관 학예사
에듀케이터 | 김진호 김세중미술관 문화예술교육사
사진제공/해설 | 예술의 기쁨

편집/디자인 | 정구형 이보은 박재원
마케팅 | 정찬용 정진이 이민영
영업관리 | 한선희 한상지
책임편집 | 정구형
인쇄처 | 으뜸사
펴낸곳 | 국학자료원 새미(주)
등록일 2005 03 15 제251002005000008호
경기도 고양시 덕양구 권율대로 656 원흥동
클래시아 더 퍼스트 1519,1520호
Tel 02)442-4623 Fax 02)6499-3082
www.kookhak.co.kr
kookhak2010@hanmail.net
ISBN | 979-11-6797-182-1 *03810
가격 | 18,000원